DIEU

ODE PHILOSOPHIQUE

PAR

M. LÉLUT

MEMBRE DE L'INSTITUT

PARIS

DIDIER ET Cie, LIBRAIRES-ÉDITEURS

QUAI DES AUGUSTINS, 35

1862

DIEU

ODE PHILOSOPHIQUE

C.

DIEU

ODE PHILOSOPHIQUE

PAR

M. LÉLUT

MEMBRE DE L'INSTITUT

PARIS

DIDIER ET Cie, LIBRAIRES-ÉDITEURS

QUAI DES AUGUSTINS, 35

—

1862
1861

DIEU

ODE PHILOSOPHIQUE[1]

De l'Être ténèbres sublimes,
Mort, néant, immortalité,
Quand verrai-je sur vos abîmes
Le ciel réfléchir sa clarté ?
La main qui courba ces orbites
Qu'en des profondeurs sans limites
Parcourent des mondes sans fin,
Jamais à l'homme qui l'appelle
En sa splendeur ne viendra-t-elle
Enseigner aussi son chemin !

1. Écrite en 1838.

Quand sur ma paupière glacée
Mon dernier soleil aura lui,
Quand de ma poitrine affaissée
Le souffle suprême aura fui,
Ainsi qu'une vile lumière,
S'éteindra-t-elle tout entière
La flamme qui brûle en mon sein ?
Quand l'aube de l'aube est suivie,
Ce jour qu'on appelle la vie
N'aura-t-il pas de lendemain ?

Doutes cruels ! vaine prière !
Veillant sur l'œuvre de ses mains,
Est-il une cause première
Accessible aux vœux des humains ?
Aux cris que la souffrance éveille
Un Dieu bon prête-t-il l'oreille ?
De nos maux son cœur s'émeut-il ?
Celui qui pleura sur la terre
Doit-il là-haut trouver un père
Après les douleurs de l'exil ?

Mais non ! Dans la nature entière,
Sans commencement et sans fin,
Rien, rien qu'une aveugle matière,
Jouet d'un aveugle destin !
Ce sable qui tombe et s'efface,
Tous ces globes qui dans l'espace
Déroulent leurs orbes de feu,
La même force s'y révèle,
Muette, insensible, éternelle,
Et cette force c'est tout Dieu !

Ainsi dans les cieux, sur la terre,
Pour un inconcevable but,
Partout l'ordre qui régénère,
Nulle part l'esprit qui conçut !
De l'universelle harmonie
Toute intelligence est bannie ;
Ces soleils brûlent sans dessein.
L'homme, en sa gloire ineffacée,
Du monde est la seule pensée,
Le seul Dieu...... qui mourra demain !

*.

Mourir ! mais c'est là tout ! La vie,
En son ambitieux essor,
A-t-elle rien que ne défie
Le noir mystère de la mort ?
Formidable Isis de la tombe,
Du voile qui sur toi retombe
Quelle main perçant le secret,
Doit enfin de nos destinées
A tes étreintes acharnées
Arracher l'immuable arrêt ?

Parle, mystérieux fantôme,
Es-tu l'envoyé du néant ?
Es-tu de l'éternel royaume
L'ange que la douleur attend ?
De cette main infatigable
Qui sous son niveau redoutable
Abaisse tout orgueil mortel,
Rends-tu son limon à la terre,
Ou, comme un guide tutélaire,
Conduis-tu des âmes au ciel ?

En ces vastes métamorphoses
Qui sur ce globe où nous passons
Semblent replonger toutes choses
Dans la nuit du gouffre sans fond,
Rien ne meurt, tout se renouvelle;
Le monde, en sa course éternelle,
Ne perd ni sables, ni soleils;
Comme Saturne dans l'espace,
L'atome a son poids et sa place,
Et les siècles leur sont pareils.

En vain l'hiver, en sa furie,
Dans nos plaines semant le deuil,
A sur leur dépouille flétrie
Jeté son funèbre linceul.
Aux feux d'une saison nouvelle
Leur couronne renaît plus belle,
Les fruits y succèdent aux fleurs;
Et l'indestructible nature
A retrouvé de sa parure
Et les formes et les couleurs.

Et seule la pensée humaine,
Triste et passagère clarté,
Un instant luirait incertaine,
Pour mourir dans l'éternité !
Quand le brin d'herbe qu'à la grève
L'humble haleine du soir enlève,
Tout entier ne saurait périr,
L'homme, ce souverain du monde,
A jamais dans la nuit profonde
Seul descendrait s'ensevelir !

Lui qui, dans son âme obsédée,
Sent grandir au souffle des ans
Une victorieuse idée,
Rivale immortelle du Temps ;
Dans les vœux grossiers du sauvage,
Dans les pieux élans du sage,
Autrefois, aujourd'hui, toujours,
Idée, espérance éternelle,
Qui du monde tout rempli d'elle
Fait les bons et les mauvais jours !

Qu'est-ce donc que cette espérance,
Lorsqu'en nous la vie a cessé,
D'unir en une autre existence
L'avenir à son court passé?
Libres de ce corps misérable,
Dont le poids ici nous accable,
Cœurs sans tache, esprits radieux,
Aimant, d'un feu que rien n'altère,
Ceux que nous aimions sur la terre,
Et qui nous attendent aux cieux?

Ainsi qu'en un désert aride
On voit un mirage imposteur
Refuser son onde perfide
A l'âpre soif du voyageur,
Cet espoir d'immortelle essence
N'est-il qu'une vaine apparence
Que poursuit l'homme en son orgueil,
Douce et décevante chimère,
Qui, dans sa durée éphémère,
Ne survivra pas au cercueil?

Maîtres de la philosophie,
Vous qui, d'un regard soucieux,
Sur cette énigme de la vie
Longtemps avez fixé les yeux :
Oracles du savoir antique,
Divin Platon, chef du Portique[1],
Et vous qui viviez parmi nous,
Descarte aux chrétiennes maximes,
Leibnitz aux promesses sublimes,
Son mot, parlez, le savez-vous ?

Si, par vous à la fin chassée
De ce trône qu'elle surprit,
La matière a de la pensée
Rendu le domaine à l'esprit ;
Si, par vous enfin immortelle,
L'âme vers la voûte éternelle
A repris son vol triomphal,
Pourquoi menace-t-il encore,
Ce doute affreux qui nous dévore,
Pourquoi les terreurs de Pascal ?

1. Zénon.

Pourquoi dans la route profonde
Que votre piété creusa,
Sous les traits menteurs du Dieu-monde,
L'athéisme de Spinosa ?
Pourquoi l'union insensée
Des choses et de la pensée
En un Dieu sans nom et sans cœur ;
Néant hypocrite où notre âme
En ce grand tout qui la réclame
Sans souvenir s'exhale et meurt ?

Sans doute que de ces ténèbres
Où dort le secret du tombeau,
Pour percer les voiles funèbres
C'est trop peu de l'humain flambeau.
A travers ces sombres vallées
Où mille bouches désolées
S'interrogent avec effroi,
Parfois sur la foule incertaine
Tombe une réponse hautaine ;
Mais du ciel ce n'est pas la voix.

Ah ! si sur la terre inquiète
La voix du ciel eût descendu,
Si le Seigneur à son prophète
Sur le Sinah eût répondu,
Ce monde, égaré dans son doute,
Dans les abîmes de la route
Au hasard ne marcherait pas ;
Mais, calme et la tête levée,
Il irait, sa course achevée,
Vers son Dieu qui lui tend les bras.

Qu'il parle donc enfin, qu'il tonne,
Ce Dieu, s'il nous voit, nous entend !
Qu'il ne cache plus la couronne
A cet univers qui l'attend !
Que des profondeurs souterraines,
Que des sphères les plus lointaines,
Vole son verbe triomphant !
Qu'à cette voix tout doute cesse,
Que toute âme vers Dieu s'empresse,
Qu'au père vienne tout enfant !

Qu'ainsi des flots de sa lumière
Toute brillante désormais,
S'ouvre la mortelle paupière,
Pour ne se refermer jamais !
Sûre enfin de sa destinée,
Que la race humaine entraînée
Vers les saintes hauteurs du ciel,
Sans crainte abandonne la terre
Pour ces purs espaces qu'éclaire
Le trône où siége l'Éternel !

Paris. — Imprimerie de P.-A. BOURDIER et Cie, rue Mazarine, 30.

125

PHYSIOLOGIE DE LA PENSÉE

Recherche critique

DES RAPPORTS DU CORPS A L'ESPRIT

PAR M. LELUT

De l'Institut

2 volumes in-8. — 14 fr.

Paris. — Imp. P.-A. BOURDIER et Cie, rue Mazarine, 30

www.ingramcontent.com/pod-product-compliance
Lightning Source LLC
Chambersburg PA
CBHW061630180626
46818CB00005B/2312